アステリズム

金川宏

猫の骨が透けてみえるようなひかりで組み立ててみる午後からのこと

アステリズム＊目次

アステリズム

金川宏

装画　ごまらーめん

I

午後からのこと

びしょ濡れの葉書が届いている五月いつかその森にころされにゆく

ガラス儚き大夕焼けにらんちゅうの尾鰭がゆらす冥途のひかり

猫の骨が透けてみえるようなひかりで組み立ててみる午後からのこと

ポケットのなかに握ればしかたなく生き延びている鍵束のおと

そこにいたノビタキのかたち枯葦の火のなかに冬がおりてくるまで

*

たえず小さな叫喚《さけび》にみちて涸れ井戸の騙し絵《トロンプ・ルイユ》を昇る月球

ゆけ秋のすべての響き　みず渉るこえ晴れやかに戦意を抱きて

感嘆詞に追いつくまでもう秋の手紙を翳らせているきみのゆび

かたむけると何か袖口から流れ出てしまうきみはよるのうつわ

燃えたたせ泉をひろげるきみの背中　蛇身になってはじめて気づく

パッサカリアの波紋たちたり鳥墜ちて昏き緑の日々の鏡面

死んでからも木の葉のように吹き溜まる音符よそんなに鳴らされたいか

樹を離れゆくとき風は言の葉を焚きておのれの形象《かたち》をゆるす

なんの旗か雨昏《うこん》のなかにはためきてけぶるがにみゆしろき階《きざはし》

*

そのオノで、　と言いかけてみずをしたたらせ動かぬ森よ　ならばわたしが

とおあさの草むら分けて打ち寄せる風にさわだつ四月の鏡

夏までは生きてみたいなバンドゥーラ蛇の卵の墓標をたてて

舟唄《バルカローレ》　時知る雨に逢いしのみ　みず炎えてその終わりの冥し

転生のいかなる途上耳立てて夜のプールを泳ぎゆく犬

星の生誕、金烏の渦踏んで　きょうという日のかたちにさわる

明け方のWi-Fiのみず　読点の穂先へ湧きてムカシトンボは

冬の記号でこじあけにゆく　真夜のセブン・イレブンに渦巻く聖刻文字《ヒエログリフ》

書き終えて冬の内部をうらがえすように動詞を入れ替えてみる

＊

コロサレルトキキミノメニウツリコム雪をみていた火の舌を舐め

骨のどこかに埋められているひかり　粒《グラン》　おまえが最後に見たもの

くさなかに経帷子のこがねいろほろびてそれが風であること

星のつぼみ咲《ひら》くまで澄む冬のみずあなたの靴を置き去りにして

電球のなか降りそそぐ銀の雨ひんやりとしたもういないひと

我《セルフ》をぬげば梨の花が散る　ああこれが最後の扉かもしれないね

水草にくるぶしをゆるくつかまれて人生という金色の午後

燃え上がる図書館

その先へ橇ひとつ消え冬の王の代名詞はsheアーシュラ・K・ル＝グウィン

火球《かきゅう》がいくつも降ってくる　恋人と語るのは風の回廊のこと

十一月の類語辞典と、もうひとつ必要なのは燃え上がる図書館だよ

みずたまりが発光し羽化したばかりの女の子が溺れている地下駐車場

きみがのみこまれていった日時計の内部で進行している野の計画

割れた便器と鏡の裏で嵩を増した水がしずかに暮れてゆく（動けない）

ひとつがいの弦楽器が燃やされているながいながいねむりの果ての蒼穹

まずはそう思え。　ここに見わたすかぎりの廃墟　段ボールの月を切り抜く

無言劇が終わりその震えの中央でくつがえる折りたたまれた皮膚

見たこともない日々を啄む老婆まっさおな魚が落ちてくる村外れ

水浸しの音楽室に黒い犬の影が迷い込む　まだ遠いな火は

犬釘が生きている場所で往生をとげよ　肥大する薔薇色の脚

耳を澄ます勇魚《いさな》　瞑目するスワン　わたしの春は白亜紀の遠火事

星の布置考えている　静かな生活　ジュラ紀の端っこで切手を舐める

この町のいくつもの真夜うつ伏せになって青空が沈む湖へゆく

雨の音が燃え残っている閉ざされた黒い蓋に溶けてゆくだれのかお

夏を失くした目をしているね漁夫が舟底の涸《から》びた水の星を連れてくる

絵本のなかの鳥の死　定理は解かれないまま頁をめくっている微風

きみがヴァンパイアならぼくはみはるかすケーキのうえの爆弾花火

ああみんな、鳥だったんだ。図書館のなかで巨樹の仆《たお》れるおとを聴くまでは

いっかくじゅう座あたりのくさはらで燃え尽きているのはきみの自転車だね

水《み》漬《ず》きたる五十五階の部屋に棲みしろがねの鰭ふれあわす父母

＊

皮膚のしたで拍動している闇　あきらめておりました　静かですここは

始めも終わりもなくぼくらとぼくら以外の間にあるひかりの円錐

雪にさす傘の内側その色を変えてゆく瞳の炎　両性具有

静止する蒼穹と雲　樹の繁みのどこかに灯された窓をさがしてる

みずのなかに繋っているのはひとのこえ饗宴《ガラ》すぎてウォルター・デ・ラ・メアの冬

Ⅱ

夢巨頭

やがて音の柩に千の火をかかげうろくずは過ぐ空の水面を

しずめゆくうつしみくらく背鰭より冬のひかりにつらぬかれいる

かぐわしき隔たりの午後たちのぼる気泡のなかを夏の雲ゆく

麦揺らす言葉さえはや運びさりひかりの洞へしたたる時間《とき》は

布めくるときすべて名を失ないしものらうつろに風を呼び合う

あさの最初のみずの一撃　一生《ひとよ》これおぼろおぼろの銀の草笛

いつしかも非時《ときじく》の木の実は熟れてみずから水へ渉るひかりは

風の鎖そこに燃えつつおのもおのも形象《かたち》を変えて雲の陰翳《かげ》ゆく

輪廻する雲の合唱隊《コロス》よそこにゆくまでの時間を鳴らせ　鐘《カンパネラ》

覗き穴にくずれゆく雲とざされて玄関はあふるるまでのあかね

冬の月に削ぎ落とされて石のなかで燃えおちてゆく二月の都

韻を踏むように九月の汀ゆく　水雪駄《みずせった》　雲のにおいを嗅ぎて

鏡面に揺るる水銀　カデンツァのゆび砕くごと冬はゆくべし

遡行する縫合線の果て昏く眼窩になだれ落つる大瀑布《たき》

黒雲が産み落とす卵ゆっくりとカーブミラーに崩れゆく尖塔

夢巨頭《ユメゴンドウ》ねむるくさはらひとりきてあしたやさしきおみなさざなみ

天窓を搏つみみずの群れひと夏の紋章として咲きつぐ百合は

七と五の音信《おとずれ》ふかく天蓋にこぼすきららよ千の野襤褸菊

よるを孕む日輪は土に還りゆき暮らしのなかの皿に顕つ墓

帰還兵

梟首《さら》されて眼をみひらきぬいちめんの菜の花はじを知れきみら恥を

どの橋も毀《こわ》されているたたかいはそらに煮え立ち泡ふく駿馬

ヒトハヒトヲコロシテキタソシテコレカラモ　三月、黄と青やがて漆黒

最後に見るものを風が記憶してゆく　地図の裏から灼きはらわれて

根こそぎにされたんだ　甲虫たちの背後にふきよせられて、星屑。

その瞳に映り込んだものをみよ駅ピアノに帰還兵が叩きつける指

死んだあとのみずに繋がっているところ黒電話のコードのささくれ

沼のことばで語るしかない枯れ葦を敷いてねむれ　ミザントロープ

サヨウナラを言う雲に逢いました水門のところで月の群れを燃やしています

帰り着いた家に家はなく巨大化した犬が涎を垂らして待っていました

星が朽ちている場所へ這わす舌の先　夜を喰らうひかりを誰も信じない

花の椅子そこにあるゆえ惑星史の阿鼻叫喚のなかに死すべし

そこに禍《わざわい》をなす首なべて石になれよ　覗き込む井戸を飾る星々

弓兵の眼をして見ているきみの背中を縦に流れてゆくひかりの河

ひかりにも墓場があって布をめくるときいっせいに飛び立つ、　鴫は

とはいえすでに敗北の　角砂糖の情死　おまえを突き落とす真夜

もうなにも映さなくなって草の雨がひからびた星のひとみけぶらす

草に座ればくさきれぎれにきみを容れる器のようなあかるさはきて

歌よみの墓に刻まれて立ちすくむひかりの錘《おもり》—〈わたしは墓です〉

百年の戦争が終わるころ炎えながら雨の音楽室に流れ着く喇叭

すみわたるそらよ　汝はわれ我はなんじであることの、その蒼の奥処《おく》

青空の鏡

みえないけれどそこにいるのはばけものだからとっととやっておしまい　私

消えてしまいたいところがどこかにあってくつがえされる青空の鏡

そしていつかはもどってこれなくなるようにそこからは青、どこまでも青

額縁のなかにはなにもないから葉を戦がせてみる晩年のゆびで

六角形のカヌレ星屑菓子店にたなびく夕べの雲と曳きあい

ゆうかげのなかへゆらぎでて水を掻く　生きているのはまぶしすぎる

みだらな刻を忘れてしまわないうちにつとよぎる少年の曼珠沙華

吊り下げられているのはいつも時間《とき》の先端《さき》　冬のレンズに埋葬されて

三月のみなそこに銀輪　過ぎ去った駅の名前も花の泡立ちも

重力はこんなにもとおくて冬の鏡に象使いがしまいこむ天球儀

忘れること眠ることまた深く起きていることとこの先で夜が終わりかけて

雨粒がさわってくるのを偶然とよべばいいのかな天秤みたいに両手ひろげて

ぶらんこのまわりにはいつもみずがきていて藻におおわれた街が見渡せる

だいじょうぶという言の葉がすこし先のさくらの途を照らしてくれる

どこにいるのかいつからいるのかだれなのかわからないまま　一生《ひとよ》

わたしではないものを絶えず書き換えてロングトーンに揺れるゆうすげ

かなしいという言葉の皮膚を捲っているとどかないところがあるどうしても

句読点までたどりついて水のルビをふる　翅は風の中にしまわれたまま

人称のなかに隠れてみる春のにおいを知っている雨の鏡

疑問形でしか終えることができないなら一人称は死んでからでもいい

朝の排卵　ぼくの死がきみの記憶のどこかを横切ることがあるとしても

ひかりの墓

その唇をほのかにあけて念仏の時雨るるさきの黒鉄《くろがね》の森

透かし見る汝の九相図　舎利子、草の炎をたかくかかげよ

打楽器群うち揺らぎつつ地の果てのひかりの墓にしりぞきゆけり

透きとおる窓へのいざないい死は時の王冠を喰みてはじけ飛ぶ禽

何れゆくところと知りて草を摘む指とり落とすたまゆらの影

石の奥処《おく》にまた石ありてその石のまなざしに棲む青き舞踏は

雲もひそかに狂いゆくとき噴水の先端《さき》を奏でる風の弦楽

空にふかく鰭ふれあわせああいずれあなたはとおくゆらぎさる虹

忘れえぬものさえわすれ草なかにゆめみるようなわれの墓碑銘

哀しい音が降ってくる

靴・穿袴《ズボン》・傘・腕時計・襯衣《シャツ》・帽子　夜を灯りて貌のなき自画像《わたし》

少年の夢のさめぎわ一本の樹はそよぎ出づ霧のなかより

紙に浸す鉛筆のさき息つぎのように言葉は雲を翳《かざ》して

生きていた記憶をそこに象《かたど》って髪に泡立つひかりの粒よ

肉球がふれてゆくのはそうきっとミとファの間の黒鍵だろう

猫以外みんな病んでる　惑星をひとつつぶしてしまうまばたき

傘立てに押しあうビニール傘らみな雨の歌うたうアノニマスの午後

いつからだろうしんとしていて台形の背鰭が浮かびあがる夜の部屋

影とふたりになってしまえばもう旅も終わり　風に、自転車が舞う

気のとおくなるほど隔てられ窓という窓に映すきのうの瞳

ひとつのこらず咲いていますね指先に栞のようなたそがれがきて

孤がはらむとおき中心わたくしというまぼろしへ引き絞る弦

改行を繰り返す　かたばみが散らばるように午後が座礁してゆく

蝶を喰わえたきみは雨の部屋を覗く窓のあかりのしたたるみどり

パズルピース風にさらわれ空ふかくむすぶきのうのあなたのかたち

階段の上に青空が見えてくるどこかできみのこえが繋がる

舳《へ》先《さき》にほどかれてゆくひかり　犬は光るもの　光のなかのきみの脛

ながきながき午睡の底に灯りいる駅あり永遠《とわ》に逢えぬその駅

朝、みずびたしの部屋あんなところからも哀しい音が降ってくる

冬の色した本ばかり選んではあなたの墓にとおき星を運ぶ

Ⅲ

樹の音楽

樹のこえはヴィオラ・ダ・ガンバきれぎれに　おやすみ林檎の皮の星たち

*

きゅんきゅんと晩夏の大樹抱くとき金砂銀砂の時間《とき》は降りきて

千年の雲ゆきすぎて身ほとりに樹のなきがらは影落しおり

つばさ持ちいしものらそこに眠る樹が樹であり風が風であること

言葉吐くように葉を繁らせてああ　樹よ樹よいつまでの思い人

樹の眠りねむりしあとに音階を降るごとくるしぐれのうたは

樹の人よはなしをしよう秋空に群れをはなれし雲ひとついて

樹はむごき一生《ひとよ》をまもる黒き馬そらに溺れてゆきたるまひる

樹の時間《とき》をのぼりゆくみずゆるぎなく樹のたましいのそだつはやさで

*

わたくしは夜の樹うすき血の皮膜剝がされて佇《た》つ星に抱かれ

星型の庭へおちゆく樹のひとみ　もえやすいからしずかにしてて

闇のなかにしらしらとまた闇生れて樹のうちがわへ打ち寄せる秋

冬のファルセット

幻視されたひとつの匣のような　楽器
それはとうの昔に滅び　今では人々が
数千年ものあいだあらゆる言葉を投げ
込んだあとの深いしじまと漆黒のみず
をそのなかにたたえるばかりだ・・・

ほろびゆく樹のファルセット鳥の耳くれないふかきそらに沈透《しず》みて

指　耳　眼球
素描する身体
その在りかは
すべての頭上
に舞いながら

ビルのあわいあゆみいたれば夕光《ゆうひかり》おんがくのごとうつしみに響《な》る
ミクソリディアン音階かけのぼってゆくひとひらの雪きみのゆびさき

言葉をもたず経巡るもの繰り返し流動するもの
そのなかに満ちるもの脈動し刻むもの揺するも
の断たれるものなすすべもなくなすすべもなく

劇中劇をチェンバロの雨とおりすぎかたほうの翼をゆっくりはずす
えいえんのほうから吹いてくるかぜにきみの総譜《スコア》をめくらせている

わたしは運ばれてきたもの
そして　運ばれてゆくもの
日々死にゆくこと　完結し
つづけることでかろうじて
わたしでありつづけるもの

とおりすぎる雪花《きら》水馬《みずすまし》　わたくしのなかを　沙《すな》、雨、星、蜻蛉《あきつ》降れ

*

譜面台しずかにたおれゆきしのち内耳《みみ》の螺旋をおおう夜の布

揺れる庭に雨が見ているおんがくの　星《スター》・島《アイル》　引用の夢

水のゆりかご

夕刊紙が濡れたままだ　枇杷の実がゆれて　どこかで音楽が傾ぐ
ジンジャエールの気泡　消火栓の喇叭隊　噴水の絃　ビルは鍵盤
街路樹の合唱隊《コロス》　組み鏡のうえをミズカマキリが滑ってゆく

楽器のように都市を奏でているまひる瞳のなかを吹きあがる海

きみの肩ごしの昏い海に虹を架けて　伝えようとするすみれほどのこと

瞳に映り込んだ燃えさかる足踏みオルガン　生まれたての傷に舌を這わせて

閉ざされてゆく瞼の汀まできみの呼吸を聴きにゆく

母音を交わし合うってなにか闘いのようだね

めくれあがり剥がれ剥がされ水立つを骨碾《ひ》くようにあなたは入江

忘れられた温室に生い茂る廃物　這い出た蔦がピアノの脚を鷲摑みにし
歪んだ音の胴体を青空の深部に押しあげてゆく　湧きつづける雲に溺れる魚
血をもたない光の粒子が鉄の螺旋を這いあがる
水のゆりかごに次の物語はもう朽ち果て　忘れ形見にカナリアが歌う

くらぐらとひとのかたちをゆるされて虹頭つみずのうえを越えゆく

冬の水をそっとふくめば　揺れて　世界の diminuendo
死はその弛緩のなかを零れ落ちてくるだろう　何の前触れもなく
もうひとつの鏡に出会った鏡に　隙間なく重ね合わされて

死はまず言葉を断ちてみずのなかに枯葉のようなこえを繁らす

しろがねの鱗が夜の部屋で　ゆれる　わたしがおろおろとめくられてしまうと
ほどかれたことのない繃帯に　どこからともなく風が吹き
埋もれていた教室が破船のように姿を現す

人体はやがて落葉にみたされて火を放たれる刻待つ器

記憶にも葬りかたがある　零れる骨片　崩落をはじめる夜明け前の鉄橋
砕け散ったまま静止している柩の蓋　十一月の水の銃身　墜落の記事
逆流してゆく時間のなかで叫びだす墓碑銘

夕闇へ手を差し入れて汲みあげる南無観世音父の臓物

風になる

町はずれの崖で朽ちたオルガンが息をしていた
コンビニはほんの一瞬だけ方舟だった
兵士が弓をつがえたまま眠っている
風はいま　誰かの手の込んだ思い出

みず、葉群、布、そして髪　鳥と雲　みえなくていいつながっていて

たとえば夜の鏡の中
　きみは最も生まれにくい場所に姿を現して
街灯がまた叫びはじめるまで　噴水のあやうい先端で遊ぼうとする
樹は氷の耳をそばだてる
　ここではもう音楽は時間に隷属していない

きみは伽藍だね　ふかき夜のささやきはアクリル樹脂製蒼穹に充ち

いつまでここにいるつもり　午前零時半、無花果の裏庭で風になる

もうそろそろお別れの時間だ
こわれた遊園地ばかりのこの惑星
素敵だったよ　それからここには言葉ってやつがあったからね
離れていった花びらを拾い集めて　手紙を書くことにしたよ

封筒のうちがわをひゅるると風はゆきなんてさびしい楽器だきみは

ことばはもう用意されていて　子供の一人称が
巨大な石版に膨大な詩群を出力してゆく
誰かがまたもうひとつの歴史を検索している

鍵盤の汀をゆけば湧きたてる　砂、千の夢、カデンツァの風

アステリズム

コーヒー・カンタータうるわし朝なさな情調《ムード》オルガンの自動目覚まし《オートアラーム》

プラスティック・シティーが静かに響りはじめる　噴水／組鐘《カリヨン》／街路樹の息

左手から闇に沈んで眼蓋《まなふた》をひらけば天降るヒューマノイドよ

電脳戦争《サイバー・ウォー》の先端でほろんでゆくきみの幼年期　（天国《ヘヴン》　（極楽《エリジャン》　（遊園地《ファンランド》　雨

いっそたゆたいやまぬはセレナーデ羊水に宝玉糸線細工《フィリグラーナ》の世界は暮れて

頭蓋《ドーム》から頭蓋へ複写《コピー》されてゆく微細回路《マイクロサーキトリ》の核《コア》、　自我宇宙

きみがたどる葉脈の記憶　陽光に突き立てられてひとみみひらく

十六分休符があるような気がする　雷を身ごもる都市は鍵盤

しかし　かなた、　は描けないのだ　ケーブルがうねり砂雨《サンドレイン》にとけてゆく街区《まち》

かつて発したかたちのままに唇から放電している最後の間投詞

忘れ形見にぼくらはその谺を聴く　あまづたう日のやまとことのは

人工少年らはかなき韻を踏む　チリヌルヲワカ　壜に澄む秋

反転せよ、　イメージ造形機《ファシリテイター》　はるかなるわたしへ至るすべてを統べよ

父母《ぶも》未生《みしょう》以前も月光にまみれて　ネオシティ爆心地自我処理場跡

きみの灰は過去にむかう粒子だね光を出さない星に繋がって

皮膚電極《ダーマトロード》　眩みゆく目交《まなか》いを過ぎ襤褸のごとき天体の群

格子《グリッド》のみどりの夢ゆ覚醒す　はるか炎天をたちあがる井戸

そして、三月の野へ　あわだつ鏡くるいだす雲ねじ曲がる釣鐘

ひとの卵かずかぎりなくうみつけられて　もえるみどりの廃船のふち

思い出は（郵便的に吹く風と末黒野に燃えのこるオルガン）

糸という糸が吸い上げてゆく血　格闘ゲーム神経政治学《ニューロポリティクス》

一人称パズルに飽きて記憶屋と宮廷道化師が仰ぐ夏空

コインロッカーに吐瀉されし廃墟そこのみがひかりまみれの並行世界《パラレルワールド》

勾玉模様のネクタイが操る分散型台帳《ブロックチェーン》　長期利付債 IZANAGI の満期

時間を逆行しているのは（死へ、）ぼくらのほうかもしれない　ペンローズ図《ダイヤグラム》

幾世の伽藍ことごとく燃え　光球のcresc.《クレシェンド》の果てのアステリズム

Ⅳ

たてがみの時間

はろばろと来てしまひたり今暫し夕映えてあれ雲のたてがみ

駅は燃え寺院は沈み思ひ出のやうに風吹く　帰らうかもう

くるぶしまで星降る空に浸されてなんだかすべてを忘れてしまふ

しだいに溶けだしてしまふたましひは叫ぶことなき夕雲の芯

ほろびさるまでの時間を焦げし空にキリンは鉄の首上げて立つ

火のかたち

夕づける野の空たかくかがやきて標《しるべ》のごとくギンヤンマゆく

何処へ翔つ風もあなたもたれかれもきらきらとして鶴折るまひる

どこにかくれやうと消さずにはをかぬ夜の玻璃に頸太き向日葵

ひとしきり鏡に映りゐしきみのとうめいになりて街へゆくゆめ

射干玉《ぬばたま》の黒洋傘《かうもり》をひらきゆく真昼屋上におひつめられて

傘ふたつ野に消えゆきて春浅き墓のほとりは薄日射したり

ヘッドフォンはづしてみてゐるくさはらのむかふ高層の窓灯りゆく

靴二槽まぼろしのごとたつみづに冬の星座はつながれてをり

腕のなきマネキン連れて出でし街にとりとめもなく冬雲は輝る

あえかなる胸の朱実を啄ばめる百のみだらな鳥部屋に飼ふ

ほほゑみははばたきに似てけふそらにはるけき永遠《とは》のことば失ふ

過去にまたその過去ありて遡行する樹の水脈に虹は架かれり

さざなみの音《ね》にとほざかる夢の橋ことぎれてのち揺らぐ言葉《ロゴス》は

夕闇はふかぶかとして過ぎしものと未だすぎざるもの揺らす橋

金色《こんじき》の粒子《つぶ》撒き散らしゆふやみに銀杏《いちやう》はなほも火のかたち保《も》つ

見知らぬ扉

ふたつめのこゑかさねゆく月の夜の天窓をみづは猛りてゆけり

爪のさきに星座を灯すいもうとよ歩くだけでほら風にちかづける

きみの呼吸《いき》ありしところにひなたから蚊帳吊草のこゑは降りきて

身にまとふ鱗はなべて渦に放ち踊らむ夜を La《ラ》 La《ラ》 Laundry《ランドリー》

落葉にうづもれた部屋のどこかにあるはずなのだ鍵と耳朶

どこかとほい扉を漏れてくる真夜の画面《ディスプレイ》海のかがやきに似て

そののちもみやこはとほく風のなかに焼《く》べられてゆく草のオルガン

雲ふたつちひさき神のごと寄りて冬の伽藍をひかりあひたり

カーテンの瀑布見えをり雲入れて誰も訪ひこぬ樹下の教室

紋章のごとく樹は蔭おとしゐてすぎゆくみづははつか華やぐ

茱萸《ぐみ》の葉のざわめくほとりてのひらをぬけて見知らぬ扉《ドア》ひらきゆく

まばたいてゐるまに朽ちてみづがねの空の傷までたどりつけない

そこはかとなき夢寝《むび》かさねては時間《とき》の涯てに連れ去りてゆくあなたの髪を

百夜の果て

水無月におこりしことも　抽斗の奥に沙《いさご》のおと聴きにゆく

あきかぜよいづこふくらむたまゆらをかがやきうねるよるのひきうす

噴水の底ひより秋の使者迎へむサルトリイバラの蔓を垂らして

身を捩《よぢ》るガマズミの実よみなそこに誰もきかぬ音を聴きにゆけ

ゆふぐれはだれかどこかで死に絶えるひかりのなかに円陣を組む

あはすたましひかずかぎりなき風の襞よりうちふるへゆけゆふやみの岸

うすらひのなみだはとけて天がける袖にむすびし蝶と恋文

雲、湧きてあれ　ああ冬の雲湧きてあのひとの掌の小さき鏡に

草のみちをなめつくす火よ水辺でなくしたはずの腕に巻かれる

外は雨　その音聴きて深草の百夜《ももよ》の果ての夢もみむかな

青ふかき河

熔鉱炉しづまりがたく屹《た》つゆゑに町つらぬきて青ふかき河

まち針にチャコと型紙ミシン油のにほひのひとは吾を生みしひと

繁茂する母音・蔦・樹・藻　海風の光源として南方曼荼羅

どこにもない季節に逢ひに行つたまま　もしやけふ母を見かけませんでしたか

てんてまり輾転てんてんてん手がそれてゆきてかへらぬ女童《めわらは》ふたり

遠つ国折立猿飼伏拝新鹿波田須に神すれ違ふ

屈葬の九月こじあけられてよりわが生国に黄金《きん》の雨降る

崩れやうとする波がしらにきいてみる　もしやけふ母を見かけませんでしたか

*

かなはねばみづから滅びゆく星よ在りし日ははのひとみを灯す

永遠の一日

にはたづみほのかがよへばおのづから風ふれゆきて夕かげりくる

おもむろにあひ寄りゆきて陽《ひ》没《い》る際《きは》ひびかふごとく輝く雲は

その星のことばのやうに光るまで待ちをりひとり屋上にきて

生れてすぐこの世を離《さか》る火のしづく音消えてなほあかるむみづは

*

火の舌を穂にうつすとき口腔にひびきてすずし秋といふ音韻《おと》

百年先のけはひ寂《しづ》けくおとづれて落葉のうへにひびく雨の音

地に湧きて天へ降らむかことごとくただ狂へとぞ銀杏金色《いちやうこんじき》

風の河ひかりの淵をゆるやかにながれて永遠《とは》の一日《ひとひ》はありき

*

朝のかげうすき舗道に潰れたる銀杏《ぎんなん》にほふ生き恥のごと

烏羽玉《うばたま》のかぐろき羽根にのこりゐる雨のにほひを折りたたむ刻

エレベーター降りきたりてはるかなる星の砂金《いさご》のひかり吐き出す

薄紅色のみづ抱きゐれば有明のそらゆく鳥ぞきみが言の葉

*

月明りにはつか滲む血　髪刈りし鏡を蒼き駒渉りゆく

秋庭歌

ただに昏く寂《しづ》けき日々よしろがねの匙みなそこにしづむ黎明《しののめ》

降り立ちし秋庭の底みづありてくれなゐさむく雲うごきをり

殺めたき紅葉の背《せな》へみたしゆくつぎはぎだらけのひかり　ほろびよ

くらぐらとひきあげられてこれの世に釣瓶は白銀《ぎん》のみづ滴らす

沈透《しづ》みゆくたつたひとつの愁しみにあきのひとみをみひらきてゐよ

やはらかき灰のなかよりたちあがるかなしみといふひかりの器

風立てばかぜのひだなすみづの面《おも》いつとしもなくゆふやみはきて

吹きわたす篳篥《ひちりき》のかぜ涸れ池のからくれなゐや雨にほひたつ

毬つきてひふみよいむなてんてんとてんてんてんと血を零す秋茱萸《ぐみ》

忘れつくしほろびつくしてゆふみづに脚ひたす椅子　火を放たうか

■著者略歴

金川宏（かながわ・ひろし）

1953 年 和歌山市に生まれる。現在も在住。
1984 年 同人誌「詩法」創刊 (1990 年終刊)。
歌集に『火の麒麟』『天球図譜』『揺れる水のカノン』がある。

歌集 アステリズム

二〇二三年十一月十三日　第一刷発行

著　者　金川宏
発行者　池田雪
発行所　株式会社 書肆侃侃房（しょしかんかんぼう）
〒八一〇‐〇〇四一
福岡市中央区大名二‐八‐十八‐五〇一
TEL：〇九二‐七三五‐二八〇二
FAX：〇九二‐七三五‐二七九二
http://www.kankanbou.com　info@kankanbou.com

編　集　田島安江
装　丁　acer
DTP　BEING
印刷・製本　アロー印刷株式会社

ISBN978-4-86385-595-3　C0092